伊豬豬和魯豬豬的
飯糰遊戲

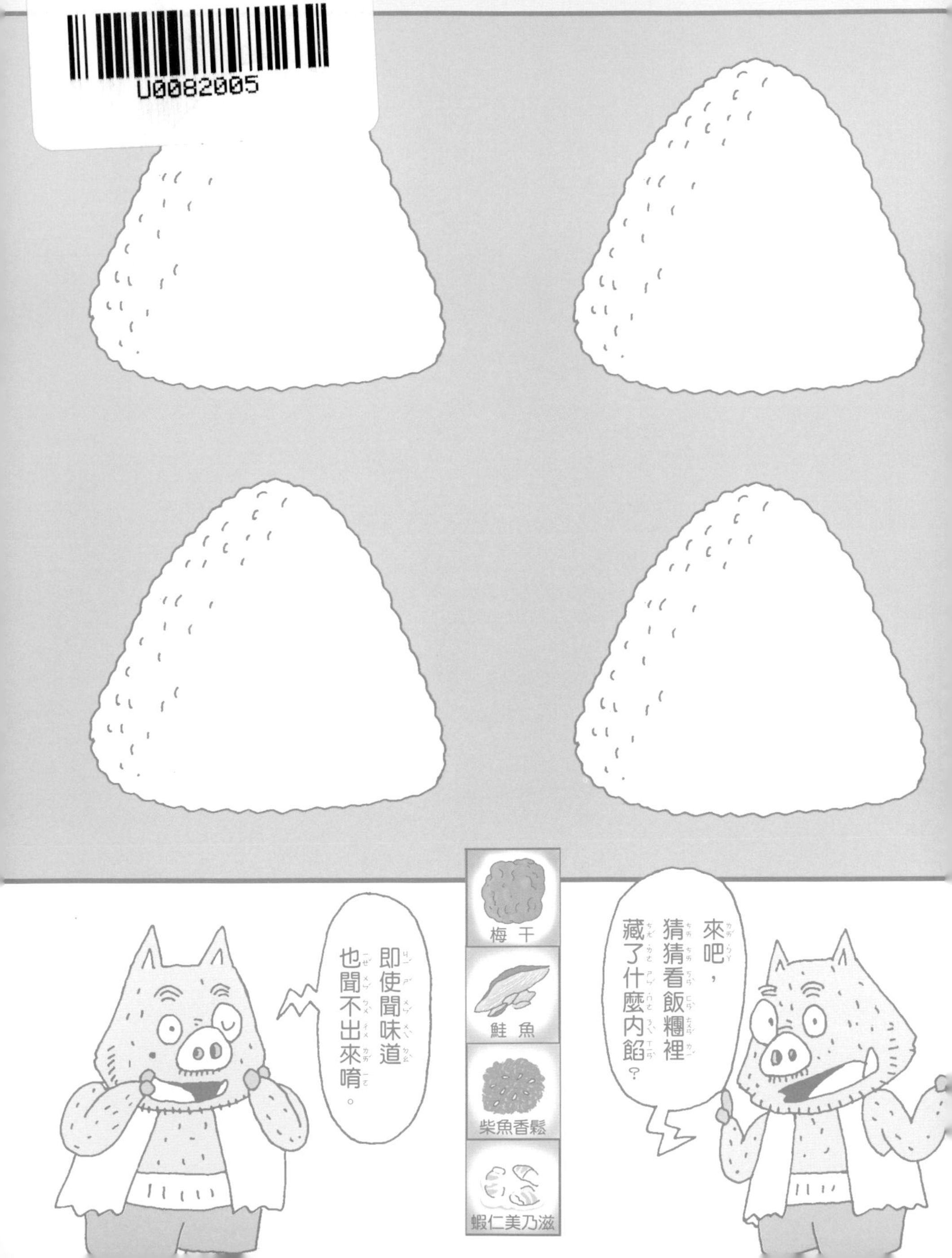

來吧，猜猜看飯糰裡藏了什麼內餡？
梅干
鮭魚
柴魚香鬆
蝦仁美乃滋
即使聞味道也聞不出來唷。

怪傑佐羅力和神祕魔法少女

文·圖 **原裕** 譯 王蘊潔

佐羅力大師，我去便利超商買了飯糰回來。很可惜每個人只能有一個飯糰。
而且，我們的口袋裡也只剩下一枚十圓硬幣了。
沒關係，總會有辦法的。我們趕快到那邊的山丘上找點東西吃，先填飽肚子再說。

佐羅力帶著伊豬豬和魯豬豬，
三人一起旅行。
途中，他們找到一座微風徐徐、
景色宜人的山丘，決定在這裡休息一下。

在這個暖洋洋的山丘上，
溫柔的風吹拂在臉上，
想起小時候睡午覺時，
媽媽溫暖的懷抱，
昏昏欲睡、舒舒服服，好像在做夢。
想起這些事，就覺得旅途的
所有煩惱和疲勞都不見了。

說到煩惱這件事，剛才去便利超商，看到有鮭魚、梅干、鱈魚卵和柴魚五花八門、各式各樣的飯糰。這麼多種飯糰，只能選一個，實在太痛苦。最後我選了蝦仁美乃滋飯糰啊，蝦仁美乃滋——
為了振作精神、舒暢心情，我挑選了酸酸口味的梅干飯糰。在收銀台結了帳，口袋裡只剩下十圓，兩手空空，口袋空空，咻，全部都空空！
當三個人正在享受悠閒時光時，突然聽到一聲尖叫，打斷了他們的歡樂時光。
趕快攔住我——

天空中，出現一個騎著掃帚的女孩，正朝著他們的方向快速飛來。
喂，不得了了！伊豬豬、魯豬豬，你們一定要接住她，千萬別失手。
沒問題。
交給我們吧。
伊豬豬和魯豬豬做好萬全的準備。
女孩用力撞向伊豬豬和魯豬豬，把他們撞得人仰馬翻。
唉，不管叫你們做什麼事，你們都會搞砸。
啊啊——
咚

你們給我張大眼睛看好了，本大爺來示範一下，什麼是完美的接法。兩隻腳要像這樣張開，然後壓低重心……
佐羅力大師前面……前面……
女孩在半空中轉了一圈，又朝他們飛過來，這時，佐羅力……
咚哐
呃啊

嗚呃呃呃……你們看，是不是順利接住了。
滋滋滋滋—

「太好了，謝謝你，
我的名字叫奈麗，請多多關照。」
「我們是旅行三人組，
本大爺名叫佐羅力，他們是我的小弟，
伊豬豬和魯豬豬。
我看你騎著掃帚在天上飛，
該不會是魔法師吧？」
「嗯，我就讀魔法學校，現在二年級，
但是，我們要整整讀十年才能畢業，

也才能夠飛行得很好。讀那麼久的書，我覺得好累，也好麻煩唷。」

「原來你是未來的魔法師，既然這樣，你應該還沒學會什麼厲害的魔法吧。哈哈哈。」

伊豬豬用帶點輕視的口吻說，奈麗聽了很生氣。

哈那巴那密龍啪那密朗。

她唸了一段咒語。

沒想到她剛一唸完，伊豬豬的鼻孔裡就長出了兩片可愛的葉子。

「我發現你的鼻毛太長了，就順手幫你變一下，你看，鼻毛變得很可愛吧。」

奈麗得意洋洋的說。

「好啦，我知道你會魔法了，趕快幫我變回去啦。」

伊豬豬哭著哀求她。

這是我目前唯一學會的魔法，沒辦法變回原來的樣子。老師說，只要學十年，就可以學會各式各樣的魔法，但是我已經不想再學了。來，這個送給你。

奈麗把身上的背包和剛才騎的掃帚交給了魯豬豬。

不給他，
因為他看起來
好可怕唷。

「喂，喂，你就這樣放棄成為魔法師的夢想了嗎？」

佐羅力忍不住問奈麗。

她回答說：

「呵呵呵，不是啊，不用去學校上課，也可以成為魔法師。」

「啊！怎麼說呢？」

佐羅力好奇的伸長脖子問奈麗。

「聽說只要能夠拿到那根

叫做『格隆洛德魔杖』，
誰都可以輕易使用魔法。
而且我得到消息，
這根魔杖目前就在附近。

所以，我才偷偷從學校溜出來，
跑來這裡。」

佐羅力聽了她的話，
立刻雙眼發亮，
把伊豬豬和魯豬豬叫過來。

「這可是千載難逢的好機會，
我們假裝要協助她，
然後，等她找到那個叫什麼
格隆洛德魔杖之後，
就把它搶過來，你們覺得怎麼樣？

到時候，我們三個就可以
盡情的使用魔法了。
而且，你的鼻毛也可以恢復原狀，
伊豬豬，你覺得怎麼樣？」

「這真是太好了。
贊成，贊成，
完全贊成。」
「佐羅力大師
果然是偉大的
搗蛋鬼啊。」
伊豬豬和魯豬豬
感到佩服得不得了，
佐羅力——

立刻變身成為怪傑佐羅力，
然後，三個人一起
跳到奈麗的面前。

「這位小姐，
請你聽我說，
這一帶很危險，
有很多壞人。
在你找到那根魔杖之前，
就請讓我們三個人

一路保護你吧！」

三個人一起擺出帥氣的姿勢。

「啊呀，太好了。我一個人也覺得有點害怕。等我找到格隆洛德魔杖，我可以為你們每個人實現一個願望，謝謝你們的幫忙。

那就廢話少說，我們快出發吧。」

奈麗完全不知道佐羅力他們打的鬼主意，無憂無慮的帶頭出發了。

第一件事，我要先把鼻孔裡的葉子拔掉，然後紅豆麵包和菠蘿麵包各來十串。
菠蘿麵包
紅豆麵包
我要一個人獨享便利超商裡各種口味的特選飯糰。

佐羅力他們三個人跟在奈麗身後，
腦袋裡不停的想著同一件事。

那就是
等他們拿到魔杖，
可以使用魔法之後，
到底要實現
什麼願望？

說到魔杖這件事，
本大爺之前曾經白白
浪費一次大好機會。
這次一定要好好把握。
嗯，首先要先把
佐羅力城建起來。
呵呵，嗚嘻嗚嘻。
這段故事
請參考
怪傑佐羅力之
《魔法師的弟子》
就在這時，他們突然聽到……
咦？
嗚哇——真不敢相信！
沒辦法，沒辦法，我沒辦法啦！
奈麗覺得好傷腦筋呀！

是河流，是河流啊。奈麗真的沒辦法過河啊。
這條河不會很深啊，三兩下就可以走過去。
不行、不行啦，走過河的話，我心愛的鞋子會弄溼啊。沒辦法，沒辦法，我沒辦法。
好吧，好吧，知道了。伊豬豬、魯豬豬，趕快想想辦法。

哇喔，可以過了，可以過了。奈麗真的太厲害了！
蹬蹬
蹬蹬
蹬～蹬
嗚呃。
哼哼，好冰唷。
嗚～
抖抖抖抖

等到佐羅力他們一行人，從小河流中走出來時，已經渾身溼透了……

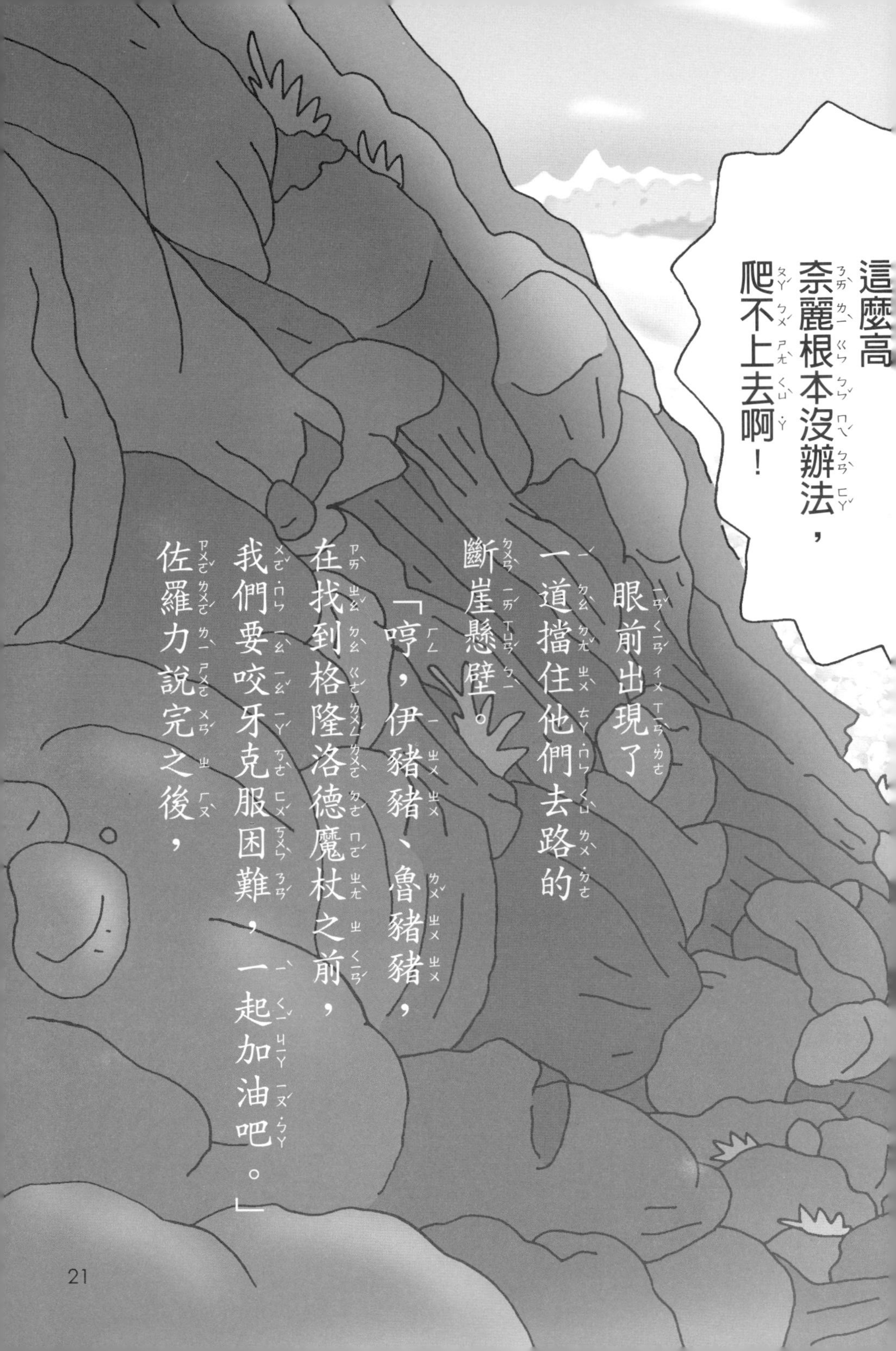
這麼高
奈麗根本沒辦法，
爬不上去啊！

眼前出現了
一道擋住他們去路的
斷崖懸壁。

「哼，伊豬豬、魯豬豬，
在找到格隆洛德魔杖之前，
我們要咬牙克服困難，一起加油吧。」
佐羅力說完之後，

三個人齊心協力，
把奈麗推著、
拉著、抱著，
讓她踩著，
把她背在背上，
什麼方法都用盡了。

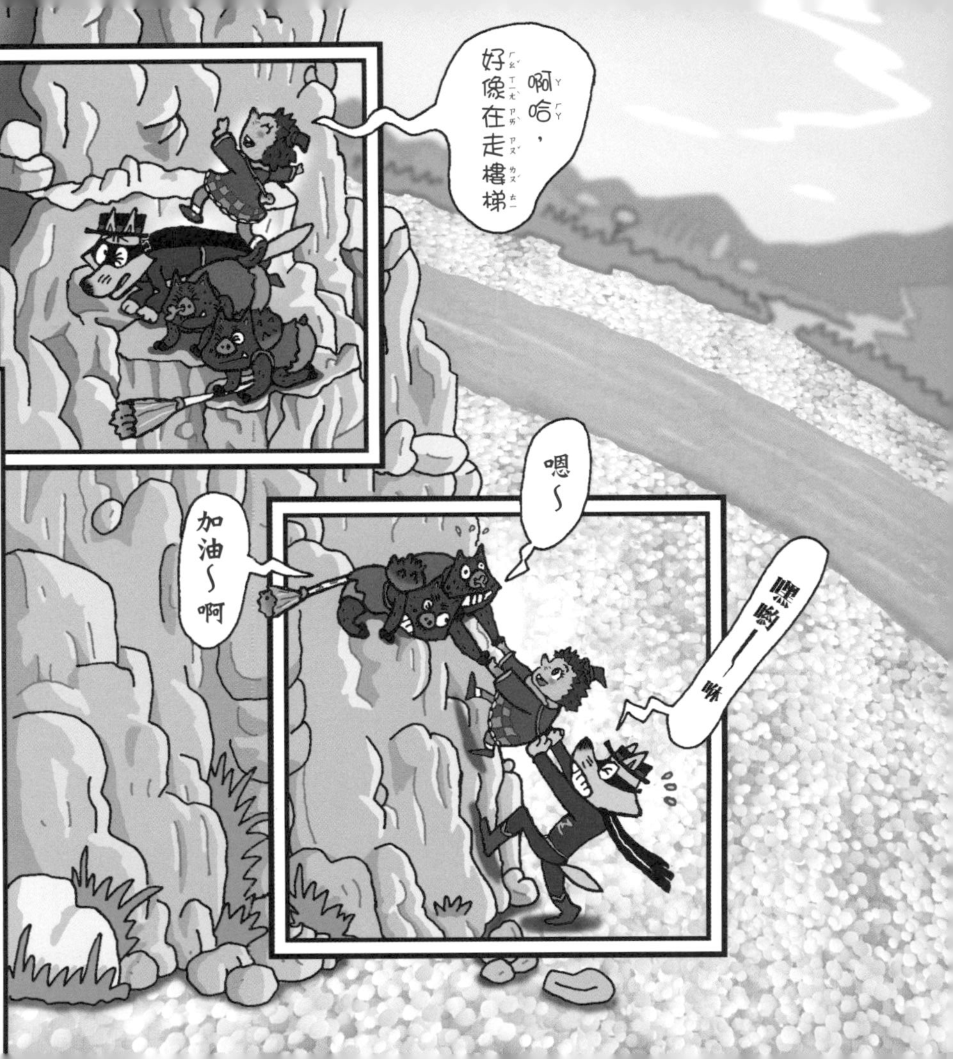

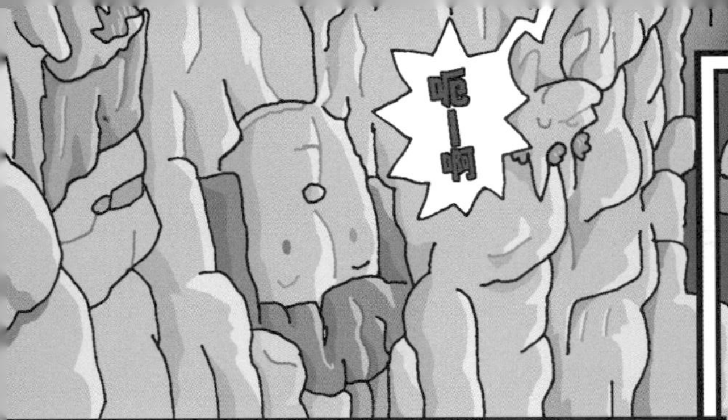

費盡九牛二虎之力，總算讓她爬到了懸崖的頂端，但是，奈麗……

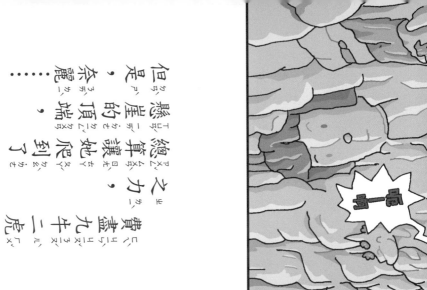

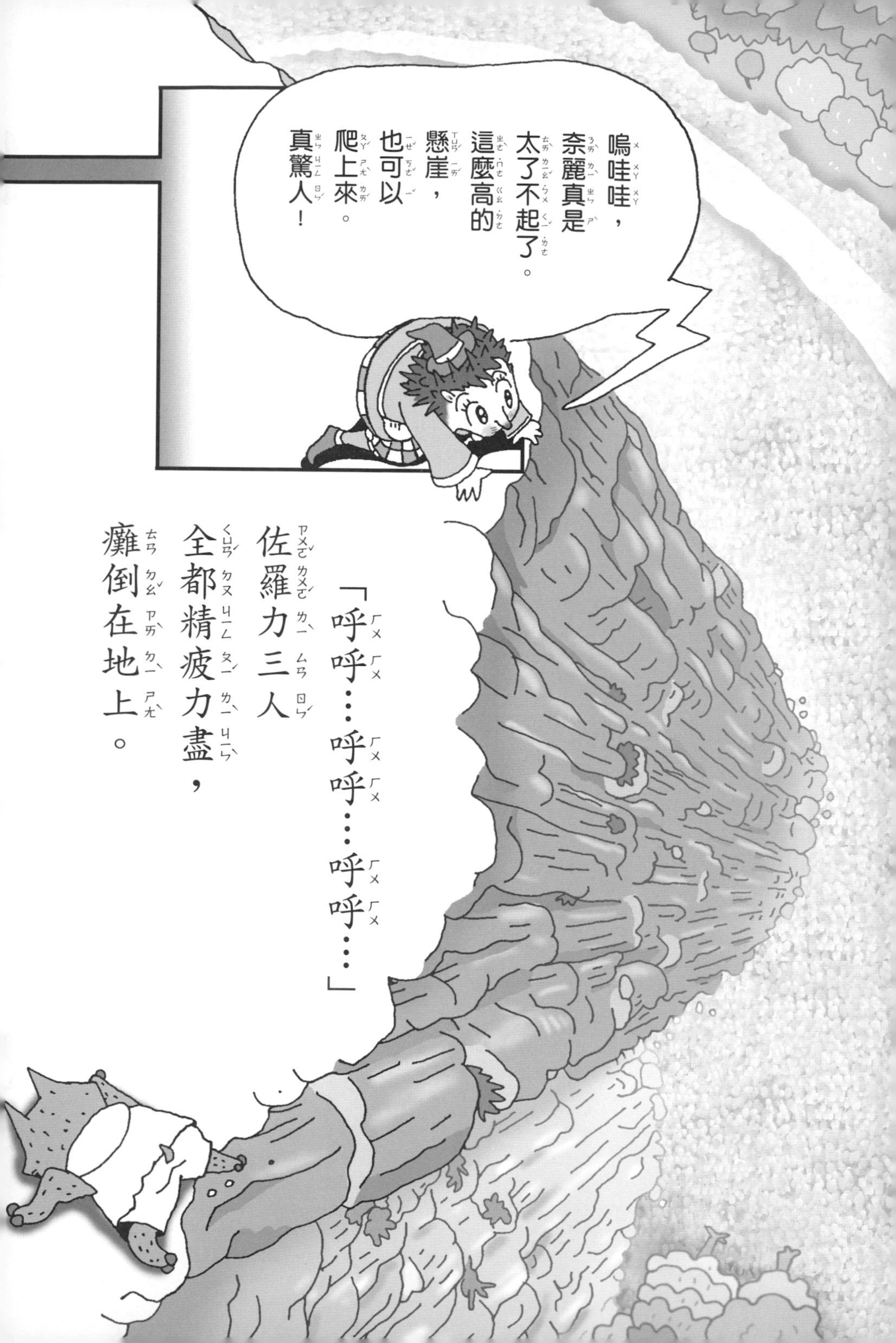
嗚哇哇，奈麗真是太了不起了。這麼高的懸崖，也可以爬上來。真驚人！

「呼呼……呼呼……呼呼……」

佐羅力三人全都精疲力盡，癱倒在地上。

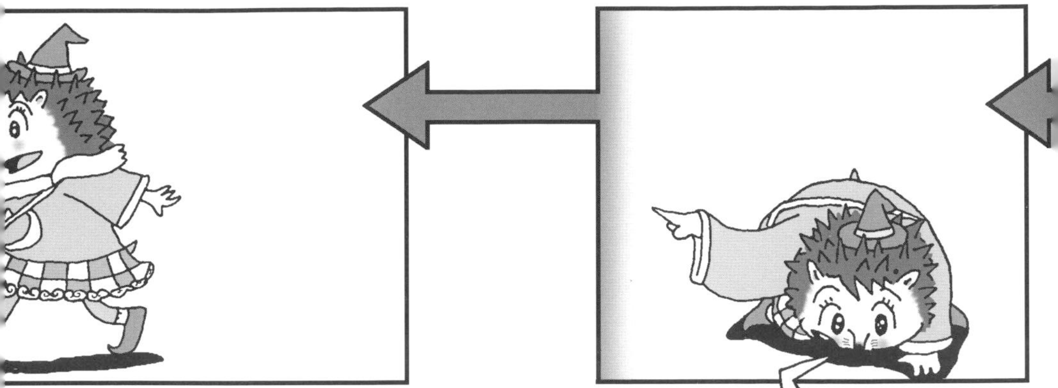

只見奈麗又開口說，

我說佐羅力先生，
現在怎麼可以休息呢？
我們趕快去找
格隆洛德魔杖吧。

說完，她就邁開步伐，
再度向前出發了。
「喂、喂，開什麼玩笑啊。」
佐羅力忍不住抗議……

這時，奈麗又
說話了。
「嗚哇，現在要怎麼辦啊，
奈麗好煩惱唷。」
前面有兩條路，
她不知道該走哪一條？
過了一會兒，
「啊，奈麗看到那裡
有一片花田，

那就非走那裡不可了。」
她話一說完，
就頭也不回的
跑向右側那條路。
佐羅力看到這一幕，
突然對眼前的狀況
感到不安。
因為，

奈麗決定要走哪一條路的方法太隨便了，
她真的知道格隆洛德魔杖在哪裡嗎？
佐羅力漸漸開始懷疑起來。
「本大爺以前曾經有機會拿到魔杖，
所以沒有多想什麼，
馬上就相信了她說的話，
但是現在想起來，
這會不會是她
編出來的故事？」

想到這裡，他不禁懷疑的看向奈麗……

嗚哇，救命啊。

佐羅力一抬頭，發現奈麗站在花田裡，被一群可怕的人影團團包圍。

「哎呀，出大事了！」

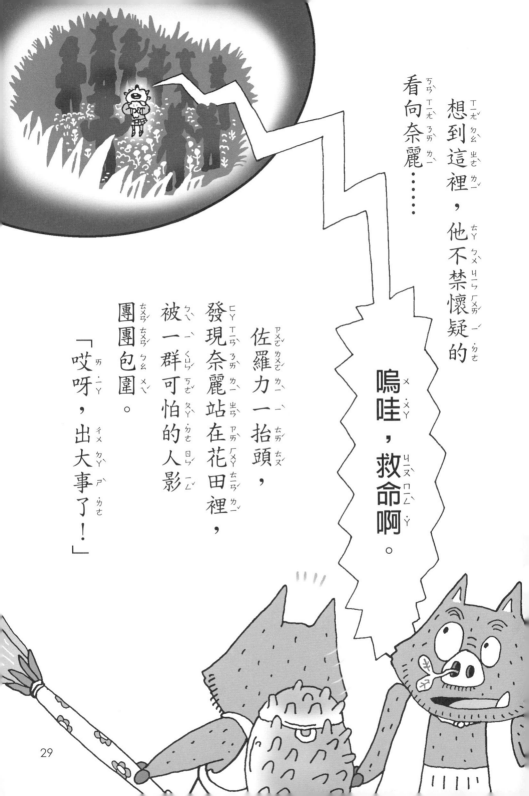

佐羅力慌忙衝過去，不分青紅皂白的朝向其中一個人影用力踹了一腳。

對方可能沒料到
會有人突然攻擊，
噗咚一聲，
那個人就重重的倒向花叢。
伊豬豬和魯豬豬
立刻跳到那個影子上，
用雙手壓住……
「啊，佐羅力大師，這是……」

「原來是木頭人啦。」

「什、什麼——？」

佐羅力慌忙抬起頭，
四處張望，
這才發現剛才看到的那些影子，
原來都是很像真人的木頭人。

「搞什麼嘛，
害奈麗白白嚇了一大跳，呵呵呵。」

「哼，我才嚇一大跳呢。」

你還說這裡怎麼回事？要怪你自己啊！
咦，這裡的花看起來不像是種的，
應該是有人供奉的。」
佐羅力偏著頭，
納悶的滴咕著。

喂，你們幾個在那裡做什麼？

兩個男人身上扛著木頭人朝他們走過來。

「這裡是很神聖的地方，你們這些傢伙怎麼可以進來搗蛋？趕快離開。」

兩個男人把身上扛著的木頭人放在地上後，供上了花朵，然後雙手合十。

「喔喔喔，原來這個城鎮

是用木頭人來代替墓碑，
真是太抱歉了。」
佐羅力幫忙扶起倒在地上的木頭人，
向那兩個男人道歉。
「不是的！大家都活得好好的，
只是被施了魔法，
才會變成木頭人。」
那兩個男人用力
咬了咬嘴脣，心有不甘的說。

「全都是他們手上的魔杖造成的。」

男人輕輕撫摸著剛才扛過來的木頭人說：

「他為了拯救這個城市，偷偷潛入他們的巢穴，想要偷走魔杖，沒想到就變成這樣了。」

另一個男人說完後，沮喪的低下頭。

「你們剛才說的魔杖，該不會就是格隆洛德魔杖？」

聽到奈麗的疑問，
兩個男人瞪大了眼睛。
「難道你們也知道
可怕的格隆洛德魔杖嗎？」
「完全正確，百分百無誤，本大爺就是為了找這個
格隆洛德魔杖，
才會來到這裡。」
佐羅力大聲的
對他們說。

☆為了不讓別人發現他們的祕密小屋，用藤蔓簾幕把路遮住。

「噓，小聲點，在這種地方談論格隆洛德魔杖的事，萬一被他們聽到，會把你們也變成木頭人的。」

「朋友們，要不要到我們森林裡的祕密小屋去，再好好討論這件事？」

男人們說完之後，緊張的左顧右盼，

他們帶著
佐羅力三人，
一起走進森林深處。
那是隱藏在森林深處的
一棟老舊房子，
屋外長滿了青苔和蕈菇，
整棟房子就像是
森林的一部分。

他們一走進去，
佐羅力發現屋內大約有十五位居民，
每個人都用充滿恐懼的眼神看著他們。
「各位，大家不必害怕，
這幾位新朋友似乎知道
格隆洛德魔杖的事，
我們想向他們打聽一下詳細的情況，
所以把他們帶來這裡。」
佐羅力三人

自我介紹後，
佐羅力問自稱是這裡老大
的貝魯姆說：
「你們為什麼要躲在
森林深處，
不敢在外面活動呢？」

那是差不多發生在
一年前的事了。
住在隔壁島嶼上的
那些傢伙……

是強盜集團，
個個都會使用法術。
他們用奇奇怪怪的魔法
欺騙、迷惑、威脅
住在這裡的居民，
把食物、金錢、珠寶財物
通通搶走。
不光是這樣而已，
他們為了在島上
建造巢穴，
所謂的巢穴
就是藏身的地方

把這裡的伐木工、木工、油漆工都帶走了，最後連藝術家也都被帶去他們的島上，在那裡為他們工作。

半年後的某一天，一個全身披著黑色斗篷的獨眼龍來到我們的城鎮，這個魔法師頭目對大家說：

我們的巢穴終於
大功告成了，
今天來這裡，
是為了把之前去我們那裡
工作的人送回來。
但是，我們用格隆洛德魔杖
施了魔法，
讓他們沒辦法說出我們巢穴的祕密。
哇哈哈哈。

獨眼龍頭目放聲大笑，
把我們那些已經變成
木頭人的朋友
丟在地上，

如果你們不想也落到這樣的下場，就乖乖聽我們的命令。反正，只要格隆洛德魔杖掌握在我們的手上，諒你們也不敢反抗。哇哈哈哈哈。
獨眼龍頭目說完後揚長而去，回到他們的巢穴。
我遲了一步，沒想到格隆洛德魔杖已經落入壞人的手中。

奈麗難過的說。

「對了，請你趕快說說格隆洛德魔杖的事，我們的朋友曾經好幾次偷偷潛入他們的巢穴，千方百計想要偷走格隆洛德魔杖，但是……每個人回來的時候，統統都變成了木頭人。我們一直在尋找各種可能的方法，看看是不是能夠阻止格隆洛德魔杖的魔力，不管任何微不足道的方法我們都願意嘗試。」

貝魯姆拉著奈麗的手，

懇切的詢問她。

「本大爺來這裡之前，完全不知道格隆洛德魔杖竟然這麼可怕。喂，奈麗妹妹，你快說明一下格隆洛德魔杖的事，本大爺也想知道。」

佐羅力也開口拜託她。

「好吧，請你們等一下。」

奈麗把手伸進
剛才交給魯豬豬的背包，
從裡面拿出一本泛黃破舊的繪本。
「這本繪本裡寫的就是
格隆洛德魔杖的故事。
這個故事很有名，
在魔法界裡
每個人都知道。來吧，
大家趕快來看吧。」

各位讀者小朋友，
大家也請
一起來看看吧。

格隆洛德魔杖

①

很久很久以前，偉大的魔法師薩爾烏頓把全身的魔法灌注在名叫格隆洛德的魔杖上。他在臨終前交代大弟子頓多利夫：「這根魔杖要賜予有助於維持和平的使者。」然後就離開了人世。

②

沒想到，所有的魔法師都爭相想把格隆洛德魔杖佔為己有，更為此展開了爭奪戰。頓多利夫感到厭倦，於是把魔杖埋進地底深處，希望有一天魔杖能夠傳承到和平使者的手上。

3 幾百年過去，某天發生了一場大地震。格隆洛德魔杖露出了地面，對於不瞭解魔杖用途的人來說，魔杖只是一根看起來很破舊的木杖，所以有很長一段時間，什麼事也沒有發生。

4 一個男孩比爾朋拿到了格隆洛德魔杖，發現魔杖神奇的力量。一開始，他只是運用一些無足輕重的小魔法，變出自己想要的東西，但是日子久了，他卻誤以為格隆洛德魔杖的魔法是自己的力量。

⑤ 比爾朋來到城鎮上，用格隆洛德魔杖把城鎮裡的居民變成了妖怪，看到大家驚慌逃竄的樣子，覺得很有趣。他在附近的山上建造一座城堡，以魔法師的身分支配整個城鎮。

⑥ 鎮上的居民一想到自己將一輩子身為醜陋的妖怪，而且被壞魔法師支配著，忍不住嘆息、難過。就在這時……

⑦ 三名勇士出現在城鎮上，他們向眾人宣誓：「我們要和魔法師對戰，把格隆洛德魔杖搶過來。」鎮上的居民聽了都歡欣鼓舞。

⑧ 他們目送三名勇士上路。然而，雖然有騎士的幫忙，但大家並不認為自己可以輕易擺脫眼前的痛苦。沒想到……

9

三名勇士發揮了智慧和勇氣，成功爬上險峻的高山，破解一個又一個可怕的魔法，順利拿到格隆洛德魔杖，回到鎮上。

10

居民們擺脫了魔法，對三名勇士深表感謝，希望他們可以留下來，但三名勇士說：「我們還有其他任務，要去避免類似的悲劇再度發生。」然後，就帶著格隆洛德魔杖離開了城鎮。

⑪ 三名勇士搭船來到海上，在海上航行了三天三夜，把格隆洛德魔杖丟在沒有任何人知道的地方。

⑫ 格隆洛德魔杖沉入了很深很深的海底，任何人都無法拿到，至今魔杖仍然沉睡在海底深處……

相信有朝一日，格隆洛德魔杖
會再度傳到真正熱愛和平的使
者手上……

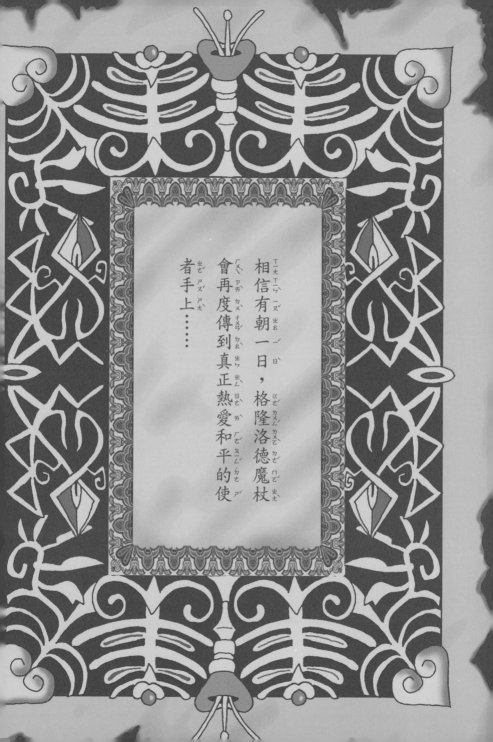

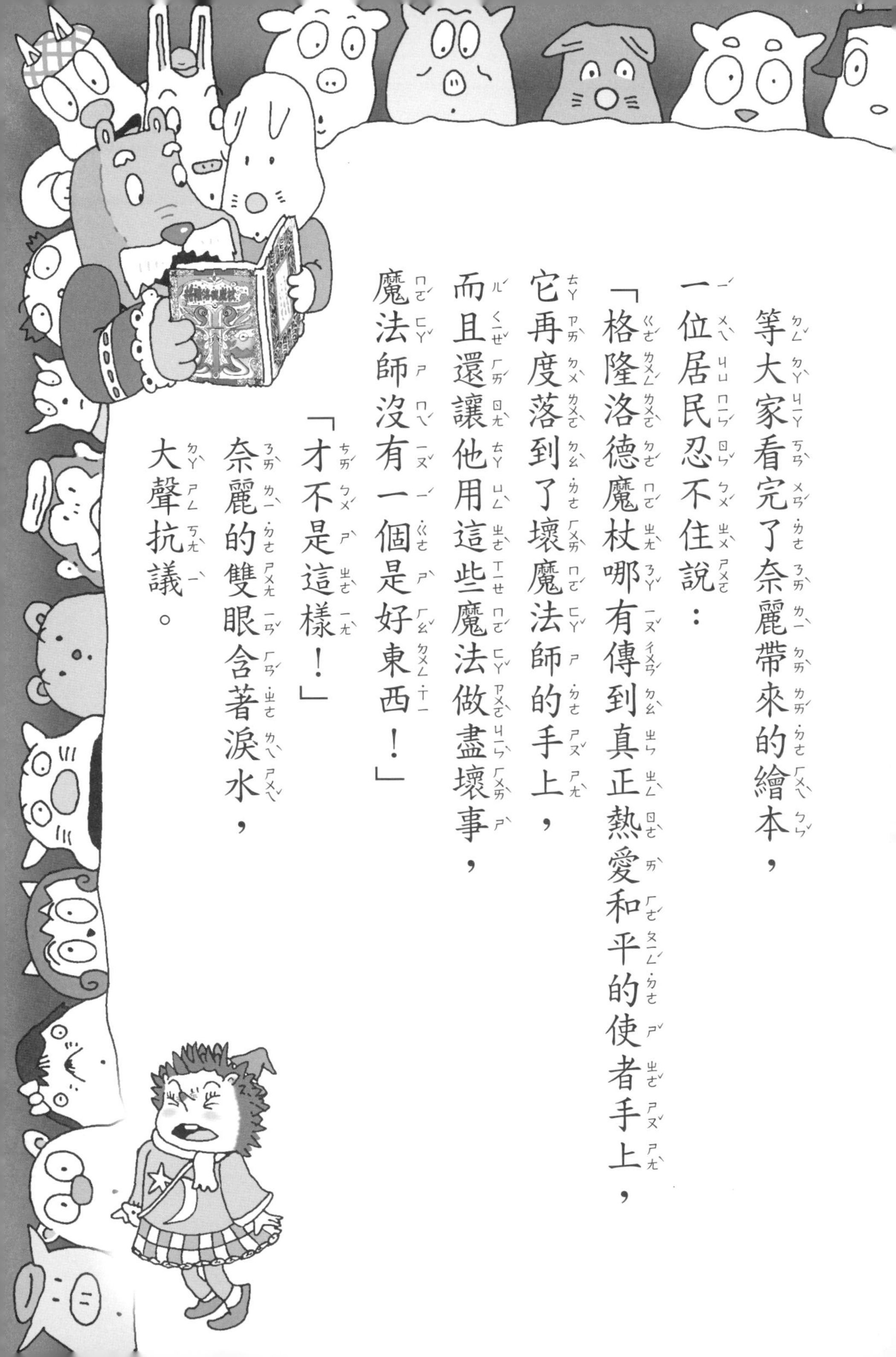

等大家看完了奈麗帶來的繪本，
一位居民忍不住說：
「格隆洛德魔杖哪有傳到真正熱愛和平的使者手上，
它再度落到了壞魔法師的手上，
而且還讓他用這些魔法做盡壞事，
魔法師沒有一個是好東西！」
「才不是這樣！」
奈麗的雙眼含著淚水，
大聲抗議。

雖然真的有壞魔法師，但那只是一小部分而已。就拿我來說，雖然我不喜歡讀書，但是，我熱愛和平的心不輸給任何一個人。如果我拿到那個格隆洛德魔杖，一定會讓全世界到處都變成漂亮的花田。
這位小姐，你這麼想也沒有用，因為格隆洛德魔杖現在掌握在作惡多端的壞魔法師手上，除非你有能力把那根魔杖奪回來。

沒錯，奈麗只學會了一種魔法，她只能讓雙葉發芽而已。

她忍不住低下頭不說話，很後悔自己沒有在魔法學校學習更多魔法。

但是，不一會兒，她突然抬起頭，

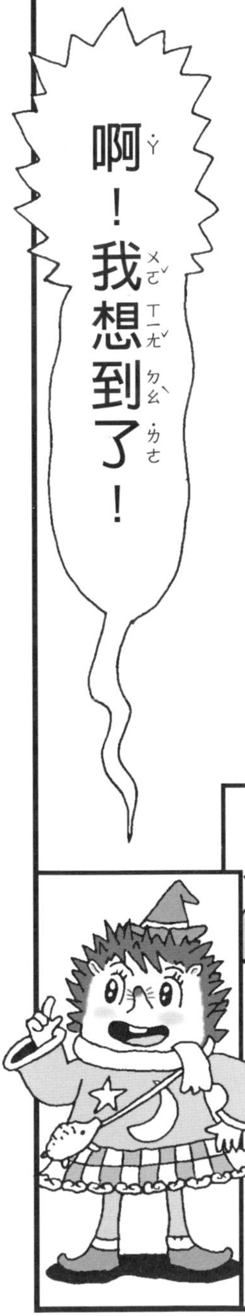

奈麗伸出手，
指向佐羅力他們，
「我在來這裡的路上，
他們三個幫了我很大很大的忙，
我一個人或許沒辦法，
但是，如果有他們三個幫助的話，
我相信我們一定可以
順利把格隆洛德魔杖
奪回來。」

我們三個只不過是平民百姓三人組，今天剛剛好路過這裡而已啦，欸嘿嘿嘿。

「什、什麼？他說他們是三人組耶！喂，大家聽我說，說到三個人……」

鎮上的居民聽了不約而同的轉頭盯著剛才看完的那本繪本。

「是喔，原來是這麼一回事！大家趕快歡呼吧，我們的城鎮裡出現了三名勇士。」

「哇喔——」

鎮上的居民太高興了，紛紛情不自禁的跪在佐羅力他們三個人面前。

我們不是你們口中說的什麼勇士啦。

「好吧，今天就由我們來真心誠意的款待這三位勇士先生，請你們今天好好休息休息，明天就出發上路，為我們把格隆洛德魔杖搶回來。」

鎮上的居民馬上開始準備款待的酒席。

鎮上的人們為了讓三位前來拯救他們的勇士盡興，享受難得的盛宴，紛紛展現各自拿手的絕活，完成了一道道美食饗宴。
魚店老闆在轉眼之間飛速的將魚殺好了。
哇，太厲害了，轉眼之間就完成了。
披薩店老闆把披薩麵皮在半空中轉哪轉，
讓披薩的麵皮愈轉愈大。
花店老闆用鮮花把宴會會場布置的五彩繽紛。
蛋糕店老闆做了很大的蛋糕，
還用好吃的鮮奶油把蛋糕裝飾得美侖美奐。

簡直就像在變魔術一樣。
服務生在很多杯子裡裝了果汁，端到桌子上，
過程中一滴果汁也沒有灑出來。
奈麗對於這些高手的成果佩服得五體投地，轉眼間，宴會的準備工作就完成了。
舞者們拚命的練習著踢踏舞。
佐羅力大師，現在該怎麼辦？你看大家都卯足了全力，我們沒有退路了。
沒關係，反正是他們自己要請客的。我們就拚命的吃，拚命的喝，等到明天早上，再偷偷逃走就好了。
好主意。

鎮上的居民，之前都躲藏在森林深處，靜靜的過日子，難得看到勇士出現，便放鬆了警惕，大家盡情的唱歌、跳舞，熱鬧不已。

而一直在森林裡巡邏的壞魔法師嘍囉聽到了他們的動靜。

嘍囉找到了森林裡的房子，
他爬上屋頂，
從屋頂上偷看屋內的情況。

啊呀呀，那個人不是佐羅力嗎？什麼什麼？原來他明天打算奪走格隆洛德魔杖。這可不得了啊，我要趕快回去向老大報告。
請你們明天務必把格隆洛德魔杖奪回來
嗯，知道了，知道了。
嚼啊嚼啊
咬啊咬啊

說完，
他立刻從屋頂上跳下來，
一路飛奔回巢穴。

「老大，不好了，佐羅力跑到這個城鎮來了，說什麼要拯救這個城鎮，還說什麼要奪回格隆洛德魔杖，說盡了大話，現在那裡可熱鬧了。聽說他們打算明天早上來攻打我們的巢穴。」

「什麼，佐羅力？

他居然跑到這種地方來了？他一根手指也別想碰格隆洛德魔杖。不，絕對不能讓他踏進我們巢穴一步。一定要讓他們吃足苦頭，把他們從這個城鎮趕出去，知道了嗎？」

黑斗篷老大激動的揮舞著拳頭說。

但是，到了第二天早晨……

鎮上的居民昨天玩得太高興了，
到現在都還在
呼呼大睡。
我們趁現在快溜、快溜。

不用等魔法師出動手下
來把佐羅力趕出
這個城鎮，
他們自己也想要
趕快逃離這裡。

三個人趁沒有人注意，從房間的窗戶逃了出去。就在這時，

喂，動作快一點，一旦被他們發現，我們就不得不和魔法師對戰了。
奈麗，請你千萬不要生氣，謝謝你的掃帚和背包。

「佐羅力先生，我等你很久了。」

森林中，出現了一個手拿帽子的男人。

「喔？你是誰？」

佐羅力問。

「我的名字叫恐怖的魔法師——山羊．史郎，我現在要變一個非常可怕的魔法。」

1
好，現在請你們仔細看好囉，小心會嚇一跳喔。
有沒有看到我手上的三個人偶？請你們把這三個人偶想像成佐羅力、伊豬豬和魯豬豬這三個人。
2
現在，我把這三個人放進這頂帽子裡面。
哈嘎囉卡叭辣可哈特波波，這是咒語。
3
然後呢，像這樣轉一圈。
結果呢？

啪答、啪答、啪答。
從帽子裡飛出了
三隻鴿子。

「是不是很可怕呢？
如果你們不希望自己
像這樣變成鴿子，
奉勸你們最好馬上離開這個城鎮。」
山羊・史郎
威脅他們三個人，

「我覺得這個不像是魔法，反而像是魔術。」

「對，我也這麼覺得，太詭異了。」

伊豬豬和魯豬豬走上前去，想要靠近帽子一探究竟。

「啊，不行，你們不可以過來。別過來，別靠近，也別接近我。」

山羊一步一步向後退。

「對啊，這根本不是魔法！」

奈麗從房子的窗戶跳了出來，
朝向山羊猛撲過去。

咚！

當奈麗撞上去時，
剛才應該已經
被變成鴿子
的三個人偶，
竟然同時從帽子
裡面掉了出來。

啊呀呀，想不到奈麗竟然醒了。

「果然是騙人的把戲。」

佐羅力說。

「才不是呢，這是魔法，你們竟然用這種方式對待我，小心會造成可怕的後果，走著瞧吧。」

山羊拔腿就逃，魯豬豬第一個衝出去，奮力奔過去追他。

佐羅力、伊豬豬和奈麗
也跟著追了上去。
山羊的動作很敏捷，
一下向右、
一下向左，
在樹木之間
鑽來鑽去，
拼了命逃跑。

魯豬豬更是用盡了全身
的力氣拼命追趕，
但是，森林裡簡直就像是迷宮，
山羊一下子就不見了蹤影，
等魯豬豬跑出森林時，
已經上氣不接下氣，
而且，非常口渴，
就在這時，
魯豬豬面前竟然出現了……

一台自動果汁販賣機！

而更令人高興的是，

上面寫著只要十圓而已。

「我的所有財產剛好就是十圓。」

魯豬豬立刻拿出口袋裡的十圓硬幣，投進自動販賣機，

這時，他發現販賣機上方

突然伸出了一個水龍頭，魯豬豬還來不及反應，柳丁汁就從水龍頭流了下來。

「啊，原來不是罐裝的果汁呀？」

魯豬豬慌忙把嘴巴湊到水龍頭下方。

當他抬起頭時，發現水龍頭的上方好像寫了什麼字。

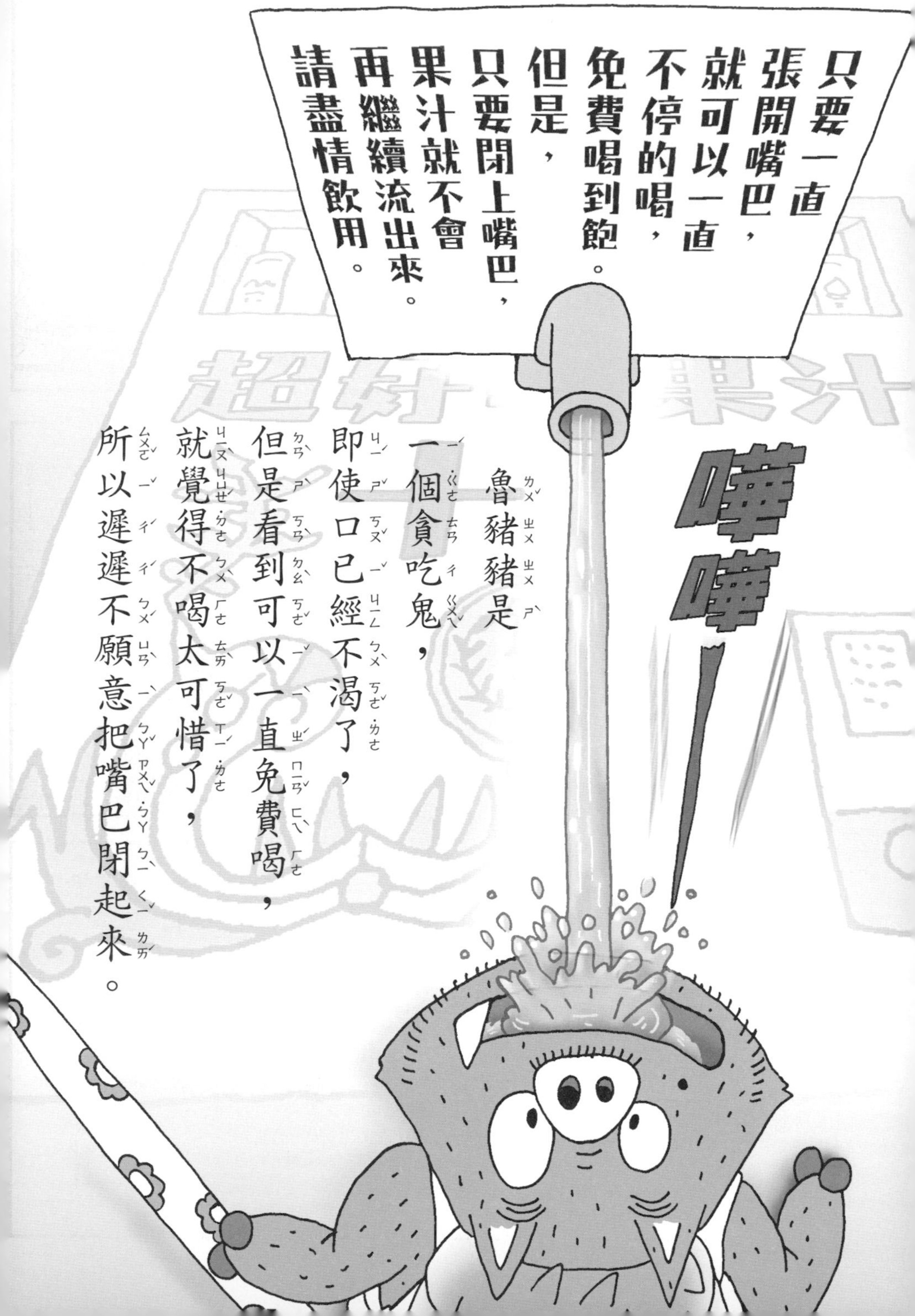
只要一直張開嘴巴，就可以一直不停的喝，免費喝到飽。
但是，只要閉上嘴巴，果汁就不會再繼續流出來。
請盡情飲用。
嘩嘩

魯豬豬是一個貪吃鬼，即使口已經不渴了，但是看到可以一直免費喝，就覺得不喝太可惜了，所以遲遲不願意把嘴巴閉起來。

喂，魯豬豬，那隻山羊跑哪裡去了？
啊！
啊嘎嘎
啊咳
啊咳嘎嘎

根本聽不懂他在說什麼。
魯豬豬，你一人獨享，太壞了，讓我也喝一點。

伊豬豬生氣的把魯豬豬用力推開，把嘴巴伸到水龍頭下方……
咚

水龍頭立刻關上，
不再流出果汁。
魯豬豬喝了滿肚子的果汁，
肚子都鼓了起來，
覺得很不舒服，
「啊，我喝太多果汁了，

現在好急喔，
好想要尿尿，
不好意思，
我就在這裡解決一下。」

「啊——」

奈麗大叫起來。

「在女生面前做這種事太沒禮貌了，

那裡不是有廁所嗎？」

順著奈麗手指的方向一看——

在吊橋的正中央，竟然出現了一間廁所。
太好了，快尿出來了，快尿出來了。
嗯，這麼奇怪的地方，怎麼會有廁所？
這個人實在太沒有禮貌了。
可惡，我也想要喝果汁！
喔！

魯豬豬急急忙忙衝進廁所，他才剛剛關上門，

嗚啊——
廁所
廁所
啊，完蛋了。
掉落
廁所的地板竟然脫落了。
魯、魯豬豬——
啊呀！

由於事情
發生得實在太突然了，
佐羅力他們完全束手無策。
轉眼之間，魯豬豬就
消失在黑漆漆的山谷之中，
失去了蹤影。
這時……

哇哈哈哈哈哈。

身穿黑色斗蓬的魔法師，
和山羊一起出現在對岸，
黑斗篷魔法師說：
「誰叫你們想要多管閒事，
才會惹禍上身。
佐羅力，別忘了我手上掌握了
可以運用所有魔法的格隆洛德魔杖。
你們趕快回頭吧，否則小心小命不保。」

我不是警告過你們，不放棄就會造成很可怕的後果嗎？

「你說什麼鬼話？我一定要為魯豬豬報仇，
你給本大爺在那裡等著。」
佐羅力說完就衝了過去，

佐羅力衝上吊橋，

「嘿嘿嘿，我只要不進去廁所，

就不會掉下去。」

「事情哪有你想的這麼簡單。」

黑斗篷魔法師

一伸出左手，

手上立刻噴出通紅的火焰，

吊橋頓時

陷入一片火海。

「哼，你們這些貨色，
根本不是我的對手，
勸你們趁早放棄，
趕快回老家去吧。
哇哈哈哈哈哈哈。」
魔法師大聲笑著，
然後轉身離去，
消失在島嶼的深處，不見蹤影。

怎麼辦？我只想到自己的事，結果好像把佐羅力他們捲入了大麻煩。而且，我不相信魔法師都是像他們那樣做盡壞事的人，我一定要拿到格隆洛德魔杖，施展一些讓大家都高興的魔法。
魯豬豬、魯豬豬，嗚嗚嗚，你千萬不要留下我一個人。
佐羅力大師，你說我們現在該怎麼辦？
沒怎麼辦，就這麼辦！我們一定要拿到格隆洛德魔杖，然後要用魔杖把我無可取代的小弟魯豬豬救回來。

然後再考慮建造佐羅力城，走著瞧吧，那個黑斗篷的魔法師，我一定會潛入你的巢穴，把你打得落花流水，滿地找牙。
但是，那些魔法師，為什麼會知道本大爺的名字呢？難道說，本大爺這麼有名嗎？
啊呀呀，這本書的頁數用完了。對不起，這個故事沒辦法只用一本書寫完。後續發展請看《怪傑佐羅力和神奇魔法屋》。
原裕

作者簡介

原裕 Yutaka Hara

一九五三年出生於日本熊本縣，一九七四年獲得ＫＦＳ創作比賽「講談社兒童圖書獎」，主要作品有《小小的森林》、《手套火箭的宇宙探險》、《寶貝木屐》、《小噗出門買東西》、《我也能變得和爸爸一樣嗎？》、【輕飄飄的巧克力島】系列、【膽小的鬼怪】系列、【菠菜人】系列、【怪傑佐羅力】系列、【鬼怪尤太】系列、【魔法的禮物】系列等。

譯者簡介

王蘊潔

專職日文譯者，旅日求學期間曾經寄宿日本家庭，深入體會日本文化內涵，從事翻譯工作至今二十餘年。熱愛閱讀，熱愛故事，除了或嚴肅或浪漫、或驚悚或溫馨的小說翻譯，也從翻譯童書的過程中，充分體會童心與幽默樂趣。曾經譯有《白色巨塔》、《博士熱愛的算式》、《哪啊哪啊神去村》等暢銷小說，也譯有【魔女宅急便】系列、【小小火車向前跑】系列、《大家一起來畫畫》、《大家一起做料理》【大家一起玩】系列等童書譯作。

臉書交流專頁：綿羊的譯心譯意。

國家圖書館出版品預行編目資料

怪傑佐羅力和神祕魔法少女
原裕 文、圖; 王蘊潔 譯 --
第一版. -- 台北市 : 天下雜誌, 2014.09
96 面 ;14.9x21公分. --（怪傑佐羅力系列 ; 31 ）
譯自 : かいけつゾロリとなぞのまほうしょうじょ
ISBN 978-986-241-914-4（精裝）
861.59 103011750

かいけつゾロリとなぞのまほうしょうじょ
Kaiketsu ZORORI series vol.34
Kaiketsu ZORORI to Nazono Mahou Shoujo

怪傑佐羅力系列 31

怪傑佐羅力和神祕魔法少女

作者｜原裕
譯者｜王蘊潔
責任編輯｜黃雅妮
特約編輯｜游嘉惠
美術設計｜蕭雅慧
行銷企劃｜高嘉吟

天下雜誌群創辦人｜殷允芃
董事長兼執行長｜何琦瑜
兒童產品事業群
副總經理｜林彥傑
總編輯｜林欣靜
主編｜陳毓書
版權主任｜何晨瑋、黃微真

出版者｜親子天下股份有限公司
地址｜台北市104建國北路一段96號4樓
電話｜(02) 2509-2800　傳真｜(02) 2509-2462
網址｜www.parenting.com.tw
讀者服務專線｜(02) 2662-0332
週一～週五：09:00~17:30
讀者服務傳真｜(02) 2662-6048
客服信箱｜bill@cw.com.tw

法律顧問｜台英國際商務法律事務所・羅明通律師
製版印刷｜中原造像股份有限公司
總經銷｜大和圖書有限公司
電話｜(02) 8990-2588
出版日期｜2014年9月第一版第一次印行
2022年8月第一版第十三次印行
定價｜280元
書號｜BCKCH068P
ISBN｜978-986-241-914-4（精裝）

訂購服務
親子天下 Shopping｜shopping.parenting.com.tw
海外・大量訂購｜parenting@cw.com.tw
書香花園｜台北市建國北路二段6巷11號
電話｜(02) 2506-1635
劃撥帳號｜50331356 親子天下股份有限公司

怪傑佐羅力和
神奇魔法屋
奈麗有沒有變成出色的
佐羅力能不能拿到